LES SOUTENEURS

OU

LES AMANTS DE COEUR

ÉTUDES DE MOEURS

PAR J. DELAGNY

PARIS

AUMOND, LIBRAIRE,
BOULEVARD DE STRASBOURG, 36,
ET CHEZ TOUS LES LIBRAIRES.

1861

Paris. Typographie d'Em. Allard, 17, rue d'Enghien.

AVANT-PROPOS.

—

L'ÉTUDIANT. — LA GRISETTE. — LA BICHE.

A chaque instant notre capitale est inondée
de brochures, de pamphlets et de biographies
plus ou moins exacts, inspirés par le succès
toujours croissant obtenu par les mémoires
d'une femme..... je me trompe, je voulais dire
d'une intrigante qui s'intitule *Rigolboche ;*
mémoires parvenus aujourd'hui , il faut l'a-
vouer, à leur cinquième édition. Ce livre et
d'autres encore, dont les noms et la liste m'é-
chappent, seraient trop longs à énumérer, et
sont pour la plupart ennuyeux et insignifiants;
ne disant presque rien, et se répétant sans
cesse. Leur but est constamment le même; ils
prétendent enseigner aux profanes les mystè-

res du quartier latin, avec sa franche gaîté dont le cachet original et joyeux se voyait encore au siècle dernier et vers le commencement de celui-ci; mais qui ne se retrouve malheureusement plus de nos jours, où tout est changé et bouleversé dans cette partie de la gaie science.

La vie des étudiants, dont bien des auteurs ont parlé, les uns en les poétisant, les autres en les montrant sous leur mauvais côté, est une vie facile et agréable pour certains; car la paresse et l'oisiveté y tiennent le premier rang, et ont remplacé ces naïfs soupers où l'étudiant et la grisette, si chantés par notre poète national, s'aidaient gaîment à descendre le fleuve de la vie. L'insouciance ne les abandonnant jamais, ils s'efforçaient de chasser loin de leur pensée les ennuis, les soucis et les inquiétudes provenant des obstacles sans cesse renaissants causés la plupart du temps par leur inexpérience : le sentiment tenait alors la première place, et n'occupait pas comme aujourd'hui le second rang, relégué par le dieu Argent, dont le culte est plus en honneur que jamais, et pour lequel, ô honte! les grisettes quittent les mansardes, cessent tout travail, préférant grossir le nombre déjà considérable des biches, belles de nuits et nymphes omnibus, dont la liste promet d'atteindre bientôt un chiffre colossal.

Nous n'hésiterons pas à le dire, la grisette, dont le vrai type est Rigolette des *Mystères de Paris*, n'existe plus; il s'est effacé complétement, regretté des étudiants; car c'était pour ces jeunes gens des compagnes dévouées, encourageant leurs efforts, leurs travaux, les soutenant de leurs conseils; tenant enfin la place d'un génie bienfaisant, rôle qu'elles remplissaient à merveille, et pour lequel la nature a si richement doté la femme. Qu'y a-t-il de plus beau, de plus touchant que cette association des premières années, sans contredit les plus amères; car le désappointement, les désillusions attendent à chaque pas le néophyte dans les sentiers de la vie, qui sont assez rudes à parcourir pour qu'il soit permis de s'appuyer sur une compagne aimante et surtout dévouée. L'honorable M. S. M*** de G***, dans son Cours d'éloquence française à la Faculté des lettres, à la Sorbonne, a émis cette opinion, et les chaleureux applaudissements de son auditoire ont prouvé au savant professeur qu'il avait touché juste, en s'occupant d'une question en apparence si étrangère à son cours.

Quoi, qu'il en soit, nous n'hésitons pas à dire, en l'affirmant, que plus d'un étudiant a dû à la grisette ses succès et son diplôme (1).

Il n'est plus de folles saturnales, de plaisirs vrais et de parties joyeuses; de tristes orgies, de dégouttantes bamboches les ont remplacés. Cette vie nouvelle énerve le jeune homme, et l'étudiant, toujours sans s'en douter, voit s'épuiser ses facultés et l'oblige à s'estimer très-heureux si, pour quelques heures d'un plaisir factice, acheté très-cher, il ne lui en reste pas

(1) Nous ne pouvons mieux faire que de citer ici quelques lignes de M. Léon Gozlan, intitulé : *Les Maîtresses à Paris*, et dans lequel cet éérivain distingué s'exprime ainsi :

« Presque tous ces grands talents, ces illustres renommées » qui deviennent l'orgueil de la science médicale, du barreau, de la littérature et des arts, seraient morts de froid » et de faim sans la grisette, la maîtresse du cœur, qu'ils laissent mourir dans un grenier, à l'hôpital ou dans la rue.

» A maîtresses du cœur, maîtres en ingratitude. »

des marques indélébiles, compromettantes pour sa santé, et jetant le dégoût et l'amertume dans son existence. Cette nouvelle phase de sa vie le rend impropre à toute espèce de travail assidu, et crée sur une vaste échelle l'association mystérieuse dont nous voulons entretenir le lecteur, et dont les principes bien connus sont :

La paresse, la gourmandise et la luxure.

LES SOUTENEURS

OU

LES AMANTS DE COEUR

––––

CHAPITRE PREMIER.

DES SOUTENEURS ET DE LEURS SOBRIQUETS. — LA NYMPHE OMNIBUS.

L'association dont nous voulons parler fournit, en grande partie, les cachots et les bancs de la police correctionnelle, voire même les tribunaux. Pourtant, malgré la sévérité de l'autorité à leur égard, ils trouvent mille moyens d'éluder ses ef-

1.

fets et soutiennent, à qui vent les entendre, qu'il n'est pas interdit de voler ; mais qu'il est défendu de se laisser prendre : dans ce cas, tant pis pour celui-là, car il paie pour les autres, et largement, je vous assure.

En vous disant leurs noms, vous croiriez tout savoir, détrompez-vous : vous n'auriez fait que soulever le voile qui les recouvre et que nous avons eu le courage de soulever, dans le but d'instruire la jeunesse des petits mystères parisiens et des dangers qu'elle peut courir même dans Paris, au milieu du XIXᵉ siècle, et entourée d'une surveillance dont plus d'une ville de province se montrerait fière. Car, croyez-le bien, ces dangers, résultant de l'inexpérience, disparaîtraient complétement si la jeunesse, toujours, confiante, cessait de se livrer aux charmes d'une conversation improvisée en quelques minutes par ces messieurs qu'on nomme indifféremment : *M....*, *souteneurs*, *michés et amants de cœur*.

Comme on en rencontre à chaque pas, il serait difficile de nier leur existence. En parcourant les divers quartiers de Paris, soit pour vaquer à vos affaires, voire même en flânant, vous avez dû être frappé de la rencontre de certains individus dont les allures louches ne vous plaisent aucunement ; de ces êtres dont les moyens d'entretien sont pour tout le monde un problème difficile à résoudre ; de ces êtres enfin qui, richement vêtus, se livrent à des dépenses folles avec une facilité étrange qui surprend et étonne, car chacun est intéressé à connaître la source des nombreuses pièces d'or qu'ils étalent aux yeux de tous et qu'ils dépensent avec tant de légèreté.

Nous nous occuperons des différentes classes de ces individus dont le principal mobile est l'*exploitation de la femme.* Bien que les physionomies et les sobriquets changent, leurs habitudes sont semblables, et il est facile de reconnaître en eux des membres très-dignes de l'association du vice qui les réunit.

Dans le quartier latin, ils prennent le nom d'*amant de cœur* ; au bal de la Reine-Blanche, *ces dames* les nomment *michés ;* à la Courtille, on les appelle *m.......;* au Moulin de la Galette, au Petit-Château-Rouge, à Montmartre, on les désigne sous celui peu connu d'*apprentis m...,* parce que ces jeunes gens ont ordinairement de quatorze à dix huit ans.

Qu'on nous pardonne tous ces détails, mais ils sont nécessaires pour l'intelligence de ce qui va suivre, et serviront à faire reconnaître aux lecteurs à quelle classe d'individus ils devront ranger nos *héros,* puisque tel est le mot consacré.

Il y a à peine un mois, on remarquait sur le boulevard de Sébastopol (rive gauche de la Seine), un rassemblement considérable occasionné par une jeune femme d'une vingtaine d'années, reconnaissable à son nez légèrement écrasé, à ses dents très-blanches, et surtout au bonnet de linge et à la robe d'indienne composant son modeste costume.

Cette jeune femme tournait une orgue de barbarie, au son criard et discordant, et chantait d'une voix fausse, fatiguée, les chansons populaires des collections à dix centimes.

A première vue, rien d'intéressant à examiner, et certainement vous seriez passé à côté de cette femme sans la remarquer, surtout si la nature vous a doué d'un peu de sentiment et de goût musical; car un instrument du genre de celui-ci nous frappe presque toujours d'une manière désagréable.

Pourtant, arrêtez-vous un instant et examinez avec nous son entourage. Immédiatement derrière elle, vous remarquerez trois ou quatre jeunes gens de quinze à dix-neuf ans, sales, déguenillés et porteurs de ces physionomies stigmatisées de bonne heure par des vices précoces. Ces jeunes gens écoutent, pleins de soumission et de respect, un de leur compagnon, gros et court, d'une vingtaine d'années, et dont la figure insignifiante n'offre rien de remarquable ; une petite moustache noire, une blouse bleue, un pantalon de toile, une casquette sortant des ateliers de David, le fournisseur de ces messieurs, et reconnaissable à la bizarrerie de sa forme comme aux couleurs choquantes qui en forment l'étoffe : voilà son signalement. Cet individu est un souteneur, et sa compagne (la femme à la voix fausse et qui chante en s'accompagnant avec l'orgue de barbarie) est surveillée attentivement par lui ; il la fait *travailler*, et regarde la recette d'un œil de convoitise, tout en grondant la pauvre créature lorsque cette recette n'atteint pas des proportions suffisantes. Tout autour et formant cercle, sont répandus les habitués ordinaires de ces concerts en plein vent, faisant de leur mieux pour s'amuser, et n'y réussissant que rarement ; mais écoutons, la jeune femme a terminé le dernier couplet et s'avance vers l'assemblée.

— Demandez, mesdames et messieurs, dix, vingt et trente centimes le recueil des chansons nouvelles de nos meilleurs compositeurs.

Personne ne dit mot : les trois jeunes gens dont nous avons parlé et qui ne sont autres, que des apprentis m....., se consultent et demandent tous ensemble des cahiers de six sous. La marchande se hâte de les satisfaire, le public se décide, et la jeune femme écoule rapidement un grand nombre d'exemplaires, ce que voyant nos trois compères, remettent les recueils en place. Deux jeunes ouvriers qui ont suivi tous leurs mouvements se regardent, et le dialogue suivant est échangé entre eux.

— Tiens, regarde donc, Perrin, *qu'est-ce qu'ils font donc, ceux-là?*

— Ceux-là?.. c'est des compères, François; vois-tu, toute cette graine, là, ça ne vaut pas cher; c'est un tas de propres à rien qui ne valent pas grand' chose.

Le souteneur a entendu ces derniers mots, il fronce ses sourcils, et, prenant un air terrible, il s'approche des deux causeurs et dit à Perrin :

— De quoi !... nous f'sons notre malin ; mon fiston, tu vas décamper, et tout de suite, encore, ou j' te dévisse la pomme de canne (1).

Ne recevant aucune réponse, et croyant avoir inspiré aux jeunes gens une très-grande peur, son insolence ne fait qu'augmenter, suivant la règle invariable établie par eux. Lorsqu'il survient une dispute, ils ont toujours soin de terminer promptement la querelle en tombant sept ou huit sur l'individu assez novice pour prétendre les attaquer à force égale. Ceci, du reste, n'a rien qui doive

(1) **Je te casse la tête.**

étonner : la lâcheté et l'insolence sont à l'ordre du jour parmi eux, et il est impossible d'exiger de leur part aucun acte de loyauté. Des individus assez vils pour accepter de l'argent des femmes, et usant à leur égard de la force brutale que la nature leur a dévolue, ne méritent aucune confiance et sont dignes de la réprobation générale; mais n'anticipons pas et revenons à nos personnages, car la scène qu'ils jouent en ce moment est assez intéressante et mérite l'attention, parce que d'autres personnes se sont mêlées de la dispute et augmentent le trouble, écoutons...

— C'est tous les jours la même chose, toujours des disputes.

— Oh! c'est connu, hier encore le gros s'est fait ramasser par des sergents de ville et conduire au poste, où il a passé la nuit; il avait voulu manger un grand gaillard qui en vaut bien deux comme lui; aussi a-t-il reçu une pâtée : c'est bien fait.

— De quoi! on m'jardine (1) encore (s'avançant vers Perrin et cherchant à l'entraîner). Viens, si tu n'as pas peur, nous allons nous cogner ensemble; je veux te f.... une tripotée (2) soignée, qui ne sera pas piquée des vers (3).

(1) Dire du mal.
(2) Battre.
(3) Coups donnés avec mollesse.

— Laissez-moi tranquille, je ne me bats pas avec vous.

Une voix. — Qu'on lui jette un os, à ce gros-là ; il est méchant comme un roquet. *Une autre.* — C'est vrai, faut nous mettre en travers, il va nous avaler, le boule-dogue. — As pas peur, histoire de coucher au poste ; faut bien *qui* couche quelque part cet oiseau-là.

Un monsieur d'un certain âge s'approche, et d'une voix pleine de douceur où la bonté domine, il cherche à calmer le jeune Perrin, qui est près d'en venir aux mains, car il est à bout de patience ; l'attitude et les propos de son adversaire l'ont exaspéré. En ce moment, un homme de haute taille perce la foule, et d'un coup-d'œil examine les deux jeunes gens, il regarde le jeune Perrin, et lui dit avec force et conviction :

— N'ayez pas peur, jeune homme, je connais le gaillard qui se pavane devant vous, et je puis vous certifier qu'à beaucoup d'insolence, le drôle que voilà joint une lâcheté et une méchanceté sans égales. Demandez-lui donc s'il me connaît ; je me trompe fort ou je gage que le coquin doit encore porter de mes marques sur les épaules.

Le souteneur baisse la tête, et l'auditoire s'égaie à ses dépens ; la marchande de chansons, mécontente de la tournure que prennent les choses,

souffle sa bougie et donne à son seigneur et maître le produit de la recette avec lequel celui-ci s'é-
loigne promptement, puis les apprentis m.... se
saisissent de l'orgue, du trépied, et ils disparais-
sent en un clin-d'œil, poursuivis par les quolibets
de la foule.

Surpris de voir la querelle commencée se terminer aussi rapidement, je me rapprochai du personnage dont l'intervention avait eu le don de faire
cesser les fanfaronnades du souteneur et de provoquer la fuite de ses accolytes. Je le questionnai de
mon mieux et il répondit à toutes mes questions
avec amabilité et politesse. J'appris que je venais d'assister à l'une de ces disputes très-fréquen-
tes parmi la lie de la population des faubourgs, et
telles que ces individus savent en suggérer sous le
prétexte le plus futile dans les endroits les plus
fréquentés de la capitale, car la foule qui les en-
toure rend leur disparition plus facile et leurs
allures moins commodes à examiner. Il ajouta
qu'il considérait cette classe de la société comme
une véritable plaie, et qu'il la verrait avec plaisir
disparaître de la surface du globe.

Je lui demandai quelques détails sur cette partie si méprisable de la population, et j'appris
qu'elle se recrutait en grande partie dans les im-
primeries, où ces individus travaillent très-irrégu-

lièrement et à seule fin de ne pas tomber sous le coup des lois et articles 170 et 171 du Code pénal et relatifs au vagabondage, aux gens sans aveu (1).

Le nombre de ces individus, beaucoup plus considérable que je ne m'en doutais, compte dans ses rangs des dessinateurs, des lithographes et une foule d'autres industries moins connues, telles que ramasseurs de bouts de cigares, ouvreurs de portières, commissionnaires aux marchés aux fleurs et d'autres exerçant par occasion les métiers de marchands de porte-monnaie, de peignes, de cigares de cacao, marchand de bas. Vous les aurez certainement remarqués, surtout ces derniers, portant une petite pacotille, vendant à la hâte aux coins des rues et prêts à s'esquiver au premier signe de leur compère, fuyant surtout comme des

(1) L'article 170 du Code pénal est relatif aux vagabons, et déclare tel tout individu qui ne peut prouver d'une manière satisfaisante son domicile et ses moyens d'existence.

L'art. 171 fixe à trois mois l'emprisonnement de tout individu surpris en état de vagabondage, et le met sous la surveillance de la haute police pendant le temps qu'on juge nécessaire.

Pour crimes ou délits quelconques, les vagabonds sont condamnés au maximum de la peine portée par la loi. En cas de récidive, cette peine peut être portée au double, sans préjudice de la surveillance exercée par la haute police.

filous à l'approche des sergents de ville, et débitant leur marchandise à un bon marché souvent extraordinaire.

Ces individus, reconnaissables entre mille, sont ordinairement les souteneurs des *nymphes omnibus*, de ces malheureuses, plus à plaindre qu'à blâmer, qui cherchent à oublier leur triste position. Rejetées de la société, elles aspirent de tous leurs vœux à sortir de la vie abjecte et dégradante qu'elles mènent, et, ne trouvant nulle part cette part d'affection si nécessaire à toutes, elles n'ont d'autres moyens que de contracter des liaisons avec ces individus dégradés qui deviennent bientôt pour elles des maîtres durs et exigeants ; car pour eux le principe de vivre aux dépens de ces créatures est considéré comme très-naturel.

Les trois quarts au moins de ces filles ont suivi un pente fatale, entraînées peu à peu dans la position où elles se trouvent par la misère et les privations de tous genres. Vous les voyez, plongées dans le vice et la fange, buvant le fiel de la honte jusqu'à la dernière goutte, et mourant à l'hôpital ou succombant à une vieillesse anticipée et aux maladies qui sont les suites inévitables de leur genre de vie.

La plupart pourtant ont lutté courageusement contre le mal, souffert le froid et la faim dans des mansardes humides ou brûlantes, et n'ont cédé à l'entraînement fatal que poussées par une influence étrangère, souvent par les conseils d'une fausse amie; plus souvent encore par une passion sans espoir et le lâche abandon de celui auquel elles avaient confié leur honneur, et qui n'a pas craint de les abandonner lâchement, de les livrer à la misère et aux mauvais conseils.

Si elles avaient résisté courageusement et lutté avec opiniâtreté contre le sort, en conservant l'amour du travail et de l'ordre, nul doute qu'elles n'eussent rencontré un époux dans un honnête artisan, ouvrier laborieux ou tout autre qui se fût trouvé très-heureux, fier de posséder une compagne douce et laborieuse, en la vertu de laquelle il pût avoir foi comme en lui-même, ayant tous d'eux le désir et le droit de marcher le front haut, leur conscience ne leur reprochant rien, aucune tache enfin ne venant ternir l'honneur de l'épouse..

Nous continuâmes ainsi pendant quelque temps, puis nous nous séparâmes enchantés l'un de l'autre, après nous être fait mille offres de service.

Il était alors près de onze heures, et la foule qui, un instant auparavant, encombrait les boulevards, s'était déjà écoulée, et regagnait de tous côtés ses demeures. Je me demandais ce que je ferais de ma soirée, et, après une délibération de quelques mi-

nutes, je résolus de passer une heure ou deux encore dans un établissement que je ne connaissais
jusqu'alors que par ouï-dire, et où j'espérais trouver
quelques sujets d'observations. Je suivis le boulevard de Sébastopol, et, prenant le nouveau boulevard de Magenta, traversant la rue des Poissonniers, j'arrivai à Montmartre, d'où, faisant un
brusque détour, je montai la rue des Vinaigriers,
en examinant les alentours, lorsqu'une lanterne
rouge et des illuminations resplendissantes que
j'aperçus dans le haut, mirent fin à mon hésita-
tion ; je pressai le pas, et j'entrai au bal du *Petit-
Château-Rouge.*

CHAPITRE II

L'APPRENTI M..... — LE PETIT-CHATEAU-ROUGE.

Je venais d'entrer assez brusquement dans une
grande salle, bien décorée, quoique très-simple-
ment. Tout en embrassant d'un coup-d'œil sa dis-
position, je fus m'asseoir à l'une des tables répan-
dues en grand nombre autour de l'enceinte des
danseurs, et j'examinai à mon aise la composition
de ce bal. Une circonstance étrange me frappa,
et me parut chose extraordinaire, c'est que vaine-

ment on eût cherché une figure de trente ans parmi les personnes des deux sexes qui s'y trouvaient
reunies en assez grand nombre : de jeunes visages
s'offraient de tous côtés à mes regards ; rien que
des jeunes gens et des fillettes de quinze à dix-neuf
ans. J'avais devant les yeux, tout en exceptant quelques très-rares figures honnêtes, une magnifique
collection d'apprentis m..., depuis le gamin de
quatorze ans, jusqu'à celui de vingt. J'étais entièrement plongé dans les réflexions que me causaient
ce spectacle tout nouveau pour moi, je dois en
convenir, lorsqu'une voix prononça mon nom à
quelques pas, et en même temps, je me sentis tou-
cher familièrement sur l'épaule. Etonné au plus
haut point, je me retournai, et ce ne fus pas sans
une grande surprise que je reconnus un de mes
meilleurs camarades de pension que j'avais perdu
de vue depuis longtemps. En un instant, nous cû-
mes relié connaissance, je lui manifestai mon éton-
nement de nous recontrer dans un pareil endroit.
Il m'avoua franchement qu'il courtisait une jeune
fille habituée du bal, et que ce motif seul l'enga-
geait à fréquenter cet établissement. En continuant
notre entretien, je crus m'apercevoir qu'il connaissait particulièrement et entièrement un grand
nombre des habitués de l'établissement, dont
les figures ne me revenaient aucunement. Il échan-

geait avec eux des poignées de main et des signes
d'intelligence qui me donnaient beaucoup à réflé-
chir. Remarquant lui-même ma préoccupation, il
m'en demanda les motifs. Je ne lui cachai pas que
les connaissances qu'il paraissait avoir dans ce lieu
n'étaient nullement de mon goût, et que je me
souciais médiocrement d'être vu en pareille compagnie. Il ne put s'empêcher de rougir, et, secouant
la tête, il regarda autour de lui avec inquiétude,
puis se rapprochant de moi, il me dit :

— Il faut savoir hurler avec les loups, mon ami,
si l'on veut parvenir, et d'ailleurs la fin justifie les
moyens. Tu ignores, je le vois, beaucoup de choses.
Je vais te mettre au courant de ce qui se passe
ici, et je t'expliquerai tout naturellement ainsi le
pourquoi de ma conduite.

— Je ne demande pas mieux, mais surtout sois
bref.

— Je ferai mon possible. Le bal dans lequel nous
nous trouvons en ce moment, ainsi que celui du
Moulin de la Galette, est fréquenté, comme tu
peux t'en apercevoir, par des *apprentis m*.... Ces
établissements sont pour eux des lieux de réunion facile, peu coûteux, en même temps qu'ils
peuvent y commencer leur apprentissage sur une
petite échelle. Ces deux bals, éloignés de quelques minutes l'un de l'autre, sont exclusive-

ment fréquentés par des petites ouvrières ou des jeunes filles encore chez leurs parents qui les surveillent peu ou nullement. C'est en leur honneur que se livrent souvent des pugilats dangereux pour l'étranger qui, osant lever les yeux sur une femme du bal, ne craint pas d'être assez présomptueux pour vouloir danser avec elle. Une ligue formidable est formée dans le but de contrarier ses projets, et de les empêcher de réussir ; car ces messieurs regardent comme leur appartenant de droit toute fille entrant seule au bal, et ils ne reculent devant aucun obstacle pour éloigner les intrus qui tenteraient de se jeter à travers leurs intentions. Ils suscitent facilement une querelle, et font mettre à la porte l'étranger et le camarade qui s'est chargé de la provoquer. Cette exclusion est une chose très-facile, et pour laquelle ils n'ont pas besoin de grands frais d'imagination, car tout trouble dans ces réunions étant puni de l'extradition, la police du bal met les deux parties à la porte et les laisse libres de continuer au dehors la dispute de l'intérieur : pendant ce temps, un des eurs lie connaissance avec la fillette, danse avec elle et lui fait une cour assidue.

Dans le cas, et ceci a lieu très-souvent, où l'expulsé, peu satisfait de son renvoi, continuerait à se disputer. Des paroles aux coups, la distance est courte et lestement franchie, alors malheur à notre intrus si, par une contenance ferme, il n'a pas su en imposer à son adversaire, et surtout s'il s'est laissé porter le premier coup ; c'en est fait de lui : une nuée de compagnons, arrivant de tous côtés au signal convenu, l'accablent de coups et se dispersent immédiatement après, laissant leur victime, déchirée et moulue de coups, se relever et regagner son domicile, se promettant à l'avenir de se montrer plus circonspect et d'éviter toute querelle, plutôt que de s'exposer aux chances douteuses d'un combat à coups de poings.

Au Moulin de la Galette, il se passe peu de jours sans qu'il n'y ait des batteries et des disputes ; les alentours de ce bal sont extrêmement déserts et propices aux guet-apens.

— Oh ! oh ! que me comptes-tu là ? Au dix-neuvième siècle ! mais c'est du pur Cartouche ! N'y a-t-il pas dans tous ces établissements des gardes de Paris, des sergents de ville, préposés au maintien de l'ordre et de la tranquillité ?

— En effet ; mais le service de cette police se fait à l'intérieur, et ce qui se passe au dehors ne les regarde plus, à moins pourtant de circonstances exceptionnelles, d'assassinat, par exemple, ce qui arrive heureusement très-rarement, car ces batteries se terminent presque toujours par des contusions sans gravité, des effets déchirés. Sauf quelques cas très-regrettables, on possède encore sa montre et son porte-monnaie.

— Soit ; mais ce guet-apens n'en existe pas moins, et les associations de malfaiteurs sont repréhensibles, et, comme telles, punies sévèrement par nos lois.

— Tu as raison ; seulement, en se réunissant dans des endroits publics, ils sont sans chefs, ont tous les mêmes droits à la protection de leurs compagnons, et forment plutôt une coterie qu'une bande régulière. Puis, les plaintes à l'autorité sont rares ; il faut faire une foule de démarches, parce qu'elles nécessitent une grande perte de temps ; et comme en résumé on n'est pas certain de ne pas avoir les premiers torts devant l'autorité, on s'abstient de se présenter devant un commissaire de police pour lui avouer qu'on a reçu, à propos d'une femme, quelques soufflets, et qu'on s'est retiré d'un lieu public avec des vêtements en lambeaux : généralement on ne se vante pas de ces choses-là.

— C'est vrai : les réponses sont excellentes, judicieuses, j'en conviens. Je désire que tu puisses m'expliquer aussi facilement tes relations avec ces individus. Je comprends moins que jamais les motifs qui ont pu te porter à en agir ainsi.

— Jette les yeux à ta droite, et tu verras près de

rchestre une jeune fille blonde, en robe bleue,
qui est occupée dans ce moment à rattacher les
rdons de son tablier de soie.

— Je l'aperçois ; cette jeune personne est jolie.

— A qui le dis-tu ? Cette jeune fille demeure à
elques pas d'ici, et profite, chaque dimanche,
une heure ou deux de liberté que lui laissent ses
rents, honnêtes ouvriers établis dans le quartier ;
le se nomme Marie, aime beaucoup le bal et se
aît dans celui-ci à cause de la proximité de sa
meure. Il y a un mois que je l'ai vue pour la
emière fois, et, désirant lui éviter les grossière-
s et les poursites de ces jeunes gens débauchés,
me suis lié avec eux ; ils me croient de leur
nde, et Marie peut aller et venir librement sans
'aucun d'eux songe à lui dire la moindre chose.
s s'imaginent respecter en elle ma maîtresse, et
leur en sais gré.

— Cette jeune fille te connaît-elle?

— Certes. Je l'aime de tout mon cœur ; je crois
u'elle n'est pas indifférente à mon amour : car
le m'a permis de me présenter chez elle pour la
emander en mariage.

— Et quelles sont tes intentions?

— De l'épouser le plus tôt possible. Elle est labo-
euse ; j'ai un emploi de dix-huit cents francs au

chemin de fer du Nord, et j'espère être porté prochainement à deux mille.

— Es-tu bien sûr de ne pas faire une mauvaise affaire en unissant ta destinée à celle de cette jeune fille ? Son goût pour le plaisir, le bal, ne me paraît nullement s'accorder avec les devoirs d'une épouse.

— Ma détermination est irrévocable ; d'ailleurs, je l'aime trop pour l'oublier, et il est trop tard pour reculer maintenant...

Nous nous serrâmes la main, et j'allais m'éloigner lorsqu'il revint sur ses pas, et me demanda les motifs de ma présence dans le bal. Je ne lui eus pas plutôt appris que je recherchais des documents sur une classe d'individus qu'il paraissait connaître beaucoup, qu'il m'offrit de m'accompagner dans mes excursions. J'acceptai avec joie, et nous nous donnâmes rendez-vous pour le lendemain soir, à la barrière Pigale, mon intention étant de visiter le bal de la Reine-Blanche, et l'heure avancée ne me permettant pas de m'y rendre ce jour-là.

CHAPITRE III

LE MICHÉ. — LE BAL DE LA REINE-BLANCHE. — UNE MAISON DE JEUX.

Très-heureux de l'offre obligeante de mon ami, le lendemain je fus exact au rendez-vous, et nous franchîmes ensemble les quelques pas qui nous séparaient encore du but de notre course.

Rien de plus curieux que la composition de ce bal. Des toilettes tapageuses y coudoient à chaque instant des fillettes en bonnets, ou coiffées simplement et coquettement d'un filet de soie aux couleurs tranchantes. Des femmes entretenues, des lorettes se heurtent sans paraître se remarquer, et cette foule, composée d'éléments si divers, quoique courant au même but, celui de faire le plus de connaissances possibles, et pour ce, allant de table en table, lançant des coups-d'œils américains, quelques mots lestes et grivois, et passant la soirée le plus bruyamment possible, dans l'intention de s'étourdir jusqu'au moment où elles jettent les yeux sur quelque personnage qui leur semble en fonds, et qui vient, attiré par la célébrité de l'en-

2.

droit, se brûler les ailes, en véritable papillon, aux regards de ces sirènes, et dépose sa bourse aux pieds de ces innocentes, connaissant les roueries et les finesses les plus extraordinaires, et possédant au suprême degré le grand art de la coquetterie et du maquillage.

Au moment où, lancé dans mes réflexions, j'allais m'avancer encore plus dans ces rapprochements bizarres, qui valent bien la peine d'être rémarqués, un grand mouvement se produisit à ma gauche, parmi la foule qui se portait vers l'entrée du bal; j'interrogeai de l'œil mon compagnon, que j'avais presque oublié, et qui attendait à mes côtés que ma surprise fût assez dissipée pour pouvoir m'expliquer les différents types que j'avais sous les yeux.

— C'est Rigolboche, qui fait son entrée, me dit-il.

A ce nom trop célèbre, je m'avançai curieusement, comme les autres, et je pus contempler de mon mieux cette étrange créature, à la voix rauque, plutôt laide que jolie, et dont la réputation ne me semblait nullement justifiée. Elle était accompagnée d'une autre femme dont il me fut impossible de savoir le nom, mes voisins n'était nullement d'accord sur son identité; les uns prétendaient voir en elle la Malakoff, les autres, Mathilde.

Je remarquai, quelques instants après, d'autres créatures que mon ami me désigna particulièrement comme faisant partie de celles qu'on a bien voulu nommer *ces dames*. Je profitai de la circonstance pour examiner les femmes les plus proches de moi, et je pus facilement lire sur leurs physionomies l'envie inspirée par ces toilettes luxueuses, et le désir de les égaler, sinon les dépasser; car ces courtisanes modernes ont tellement élevé au plus haut point l'effronterie et l'oubli de toute pudeur, qu'il serait impossible de vouloir entrer en lutte avec elles, et surtout de prétendre à les surpasser.

— La partie masculine n'est pas la moins curieuse à examiner, et surtout à observer, me dit mon ami. Regarde attentivement toute ces figures, et tu y verras une collection de types vigoureusement esquissés, tout à fait digne du crayon d'un carricaturiste. Tu vois cet homme, si soigneusement mis, frisant constamment sa moustache, et lorgnant toutes les femmes en se dandinant d'une façon très-prétentieuse.

— Oui; mais ce monsieur n'est pas seul, je l'ai vu, il n'y a qu'un instant, au bras d'une des célébrités que tu me faisais remarquer, et, tiens, je l'aperçois encore : elle est en face de nous, de l'autre côté, et lance à son ex-cavalier des regards suppliants où la colère ne semble pas étrangère.

— Suivons un moment leur manége, et nous saurons bientôt à quoi nous en tenir sur leur compte! Parbleu, le hasard nous favorise, il accoste un dandy : approchons-nous et prêtons l'oreille.

— Comment! Ernest, est-ce bien possible! Emma te refuse un louis? Quelle misère! Du reste, mon cher, tu es beaucoup trop modeste : de ta modestie viennent, sans contredit, les refus que tu éprouves journellement.

— Je n'oserais jamais lui demander une plus forte somme.

— Tu n'oserais !... Tu me fais pitié: un jeune homme comme toi, de ton éducation, de ta tenue; mais cela vaut cinq cents francs par mois. Plus d'une femme serait ravie de te posséder à ce prix.

— Tu crois?...

— Certes. Tiens, prends exemple sur moi, il y a trois mois à peine que je suis avec Clara. Elle est avare en diable, et pourtant je suis parvenu à lui faire abouler (1) mille francs.

— Impossible!

— C'est comme j'ai l'honneur de te le dire. A propos, j'ai besoin de tes services.

(1) Donner.

— Parle, je suis tout à toi, dispose de ma personne.

— D'abord, si nous réussissons, je te prêterai ce soir une dizaine de napoléons.

— J'accepte ton offre. Tu peux compter sur mon dévouement.

— Je n'ai besoin que de ton adresse ; voici le fait. Il me faut absolument deux cents francs demain, et la vilaine créature ne veut rien faire pour moi. Je n'ai pas seulement insisté ; mais je lui ai signifié qu'ayant des *amies* qui ne me laisseraient pas dans l'embarras, je la priais de trouver bon que je me misse sans retard à la recherche de ces *amies* plus que sincères. Depuis ce moment, la coquine est sur des charbons ardents, et ne me quitte pas des yeux. Nous allons nous rapprocher, sans affectation, et tu me proposeras, de façon à être entendu d'elle, de me faire prêter le double de la somme dont j'ai besoin, de la part de qui tu voudras.

— C'est entendu.

Les deux jeunes gens font deux ou trois fois le tour du bal et se sont rapprochés de celle qu'ils nomment Clara. J'hésitais à m'approcher d'eux, lorsque mon compagnon m'entraîna à leurs côtés, où, indifférents en apparence à ce qu'ils allaient dire, nous ne les quittions pas du regard, et nous entendîmes en entier la conversation suivante :

— Vois-tu, Charles, Risette t'adore, elle te réclame à cors et à cris. Je lui ai promis de t'emmener ce soir ; elle te prêtera de grand cœur la bagatelle dont tu as besoin.

— Vraiment !

— Je te le jure. Oh ! c'est une très-bonne fille ; elle a des bijoux de prix, tu le sais, et son entreteneur ne la laisse manquer de rien.

— Tu me décides ; j'irai ce soir.

— Alors, c'est convenu. Je compte sur ta promesse.

Ils se séparent en se jetant un coup-d'œil significatif. En effet, à peine se sont-ils quittés que Clara, qui n'a pas perdu un mot de cette conversation, accourt passer son bras sous celui de son amant, et lui dit d'une voix caressante :

— Tu n'iras pas à ce rendez-vous.

— Et pourquoi, s'il vous plaît ?... ne suis-je plus libre d'aller où il me convient ?

Ce peu de mots est prononcé avec hauteur et produit son effet.

— Pourquoi, Charles ? O mon Dieu ! c'est bien simple : je vais m'occuper de l'affaire qui te préoccupe tant. Tu auras ce soir les cinq cents francs qu'il te faut ; mais promets-moi de ne pas aller chez cette femme.

— Tu peux me remettre la somme ce soir ?

— Sans doute...

— Ton coupé est encore là ?

— Parbleu ! viens t'en convaincre...

Le reste de la conversation s'acheva au dehors ; mademoiselle Clara et son miché, M. Charles, s'éloignèrent au galop de deux beaux chevaux, attelés à un très-joli coupé qui stationnait à la porte, maintenus avec peine par un domestique en brillante livrée.

Et voilà comment se conduisent ces femmes qui se ruinent pour ces élégants de contrebande qui affectent des manières distinguées, dépensent follement un argent dont ils ne connaissent pas le prix, et qui a le don de salir l'être assez vil pour s'en servir.

Du reste, n'est-ce pas un juste retour des choses d'ici-bas que de voir ces créatures qui mettent tous leurs soins à tromper les hommes, être trompées à leur tour par des amants qui, tout en les courtisant, n'éprouvent pour elles que le mépris le plus profond, et se font un devoir de es abandonner orsque es fonds commencent à baisser et que la gêne, triste avant-coureur de la misère, commence à les visiter.

Il me restait à connaître la seconde espèce de *michés*. Les petits jeunes gens, ceux qui croient être aimés pour eux-mêmes, qui s'imaginent qu'une

femme ne peut les voir sans devenir immédiatement amoureuse de leur personne, de leur grâce,
de leur esprit. Cette catégorie, très-nombreuse, est
choisie de préférence par les lorettes qui font du
sentiment tout à leur aise avec ces jeunes naïfs,
et qui les quittent au bout de huit jours lorsqu'ils commencent à devenir exigeants et veulent
que leurs maîtresses soient fidèles, ou même après
avoir reconnu le vide de leurs idées sentimentales.
Cet abandon provient aussi quelquefois de ce que
ces jeunes gens, sans vergogne aucune, et se
croyant adorés, indispensables, proposent impu-
demment à leur maîtresse de puiser dans sa
bourse. Lorsque celle-ci y a consenti par faiblesse
ou par tout autre motif, il ne leur répugne pas,
faisant taire tout sentiment humain, d'y puiser à
pleines mains; mais alors, et à bout de patience,
les lorettes mettent ces tourtereaux à la porte, où
ils se consolent en cherchant cette fois un cœur
vacant et une bourse bien garnie.

Cette espèce, très-nombreuse, fréquente la *Reine-
Blanche*, où les différents écrits nous ont appris
que *ces dames* viennent les enlever pour en faire
leurs amants de cœur. Elle est aussi très-répandue
dans le quartier latin, où, la mode aidant, elle menace de se répandre beaucoup; car il est devenu
presque méritoire pour les élégants du quartier

de se faire entretenir par les lorettes et les biches. Nous nous occuperons prochainement d'eux, et le lecteur les retrouvera dans un chapitre spécial qui leur sera consacré.

Il n'est peut-être pas inutile de parler ici des maisons de jeux clandestines, qui ont toutes pour acteurs principaux des *michés* de première classe, des grecs, et qui comptent parmi leurs moyens de séduction les plus puissants, la présence des lorettes et des filles entretenues. Ces lieux de réunion sont les plus dangereux de la capitale, en ce que le laps de temps qui s'écoule, avant d'amener leur découverte, est parfois considérable, et les malheurs dont ils sont causes sont graves et irréparables. Le hasard nous ayant fait jeter les yeux sur un journal (1) renfermant quelques lignes très-intéressantes, ayant rapport à la découverte d'une maison de jeux, nous nous empressons d'en extraire les lignes suivantes :

« On lit dans la *Patrie :* La préfecture de police, » qui fait une guerre incessante aux maisons de » jeux clandestines, a encore opéré une descente, » la nuit dernière, dans un nouveau tripot situé » rue Laffitte.

» Sous prétexte de soirées, de bals ou de con-

(1) *Siècle* du 11 octobre 1860.

3

» certs, des femmes du demi-monde, des héroïnes
» de bals publics, des actrices de petits théâtres, se
» rendaient dans cette maison où leur présence
» était un appât pour attirer des fils de famille,
» des négociants, des étrangers, des jeunes gens
» inexpérimentés, qui se trouvent en contact avec
» des grecs et des joueurs de profession, sortaient
» de là complétement dépouillés.

» La directrice de cette maison de jeux de ha-
» sard, qui se faisait appeler *Madame de Mar-*
» *sailles*, quoique déjà sur le retour, brillait par
» ses toilettes excentriques, ses appartements somp-
» tueux, son nombreux domestique, et surtout par
» son charmant petit *briska* qu'elle conduisait
» elle-même chaque jour au bois et sur les boule-
» vards.

» Hier, agissant en vertu d'un mandat de M. le
» préfet de police, M. Benoist, commissaire de po-
» lice, et M. Jaeglé, officier de paix, chargés spé-
» cialement de l'attribution des jeux, ont pénétré
» dans ce tripot.

» Ils ont trouvé là, autour du tapis vert, le per-
» sonnel habituel, fort connu du reste de la police :
» des grecs, des femmes du demi-monde, des né-
» gociants et des jeunes gens.

» Le délit étant flagrant, la prétendue dame de
» *Marsailles*, qui n'était autre que la fille X....,

» jadis ouvrière en lingerie, a été mise en état
» d'arrestation, et envoyée au dépôt de la préfec-
» ture de police.

    » Selon les prescriptions de la loi, les enjeux ont
» été saisis, ainsi que le riche mobilier dont les
» lieux étaient garnis. »

    Nous applaudissons de tout cœur à de pareils ac-
tes de juste sévérité.

CHAPITRE IV.

**LE MOULIN DE LA GALETTE. — LE POU-VOLANT. —
LA COURTILLE. — LE M.....**

    Le lendemain se trouvait être un dimanche, et,
d'après les conventions arrêtées la veille, entre
mon ami et moi, nous devions passer la journée
ensemble, et le soir nous rendre à la Courtille
pour y continuer nos observations.

    L'emploi de la journée fut assez insignifiant et ne
mérite pas d'être rapporté. Je dois dire pourtant
que, sur la proposition de mon compagnon, nous
nous rendîmes vers trois heures de l'après-midi en
haut des buttes Montmartre, dans l'établissement
tenu par le sieur Debray, établissement composé
du bal dont nous avons déjà dit quelques mots,

d'un restaurant, de balançoires, chevaux de bois et tir de salon.

L'heure était propice, et nous pûmes examiner à notre aise les différents groupes placés dans les bosquets, répandus en grand nombre autour des balançoires et derrière le bal, séparés tous deux par un chemin dont l'utilité ne m'était nullement démontrée. Quoi qu'il en soit, des jeunes gens et des femmes entretenues déjeunaient confortablement en vue de tous, et se livraient, dans les entr'actes, aux douceurs des balançoires et des chevaux de bois, sous la conduite de cavaliers dont la tenue laissait beaucoup à désirer. Ce spectacle, qu'il est très-facile de se procurer, ne manque pas d'un certain cachet : il permet à l'observateur de faire des remarques curieuses et des études de mœurs intéressantes. Il n'est pas inutile de noter en passant qu'il est très-naturel de voir les femmes payer la dépense commune, et sortir de leur porte-monnaie l'argent nécessaire à cet effet.

Après quelques coups-d'œils jetés à droite et à gauche, jugeant un plus long séjour sans aucune utilité, nous quittâmes l'établissement, et, gagnant les boulevards extérieurs, nous nous rendîmes à Belleville. Mon compagnon me fit remarquer entre le boulevard des Poissonniers et celui de la Chapelle, une boutique de cabaret borgne, à la porte duquel se trouve placé une lanterne où le mot *Bal*, écrit en gros caractères, invite les passants à venir grossir les rangs, déjà trop pressés, de ses habitués.

Vu le peu d'espace qui leur est dévolu, et dans une louable intention, afin de gagner le plus de terrain possible, le propriétaire de ce casse-cou, que ses habitués ont décoré du nom de *Bal du Pou-Volant* (lequel nom est très-connu), le propriétaire, dis-je, a imaginé de suspendre son orchestre au-dessus de son comptoir, ce qui forme un coup-d'œil des moins gracieux et des plus pittoresques. Mais qu'importe, les habitués n'y regardent pas de si près, et nulle musique ne vaudrait à leurs yeux le violon, la clarinette et le trombone qui composent à eux seuls l'orchestre de l'établissement, et qui forment bien l'harmonie la plus imparfaite qu'il soit possible d'entendre dans les cinq parties du monde.

Mais ce qui m'ôta tout désir de pénétrer dans ce sanctuaire, et m'empêcha de visiter intérieurement ce lieu, horriblement sale et mal composé, ce fut la certitude d'être obligé de regagner la porte, à peine entré, comme un individu qui le tentait sous nos yeux, et dont le paletot, quoique très-simple, parut aux habitués une insulte flagrante faite aux blouses sales et tachées qu'ils portent journellement. Mon ami m'assura qu'il n'était sorte d'affronts et d'insultes que ces gens ne se crussent être dans l'obligation de faire à celui qui oserait pénétrer dans ce bal couvert d'un autre vêtement que d'une blouse. J'aimai mieux le croire que d'y aller voir, et je laisse à d'autres plus entêtés le soin de se convaincre du plus ou moins de vraisemblance de mon récit.

Quarante minutes nous suffirent pour continuer notre route et nous rendre à la Courtille, où nous fîmes notre entrée au bal Favié. Une fois attablés à la galerie, je questionnai mon compagnon sur le lieu dans lequel nous nous trouvions ; il se fit un plaisir de répondre à mes questions, et me dicta lui-même quelques notes dont voici le résumé :

Comme tous les endroits tant soit peu célèbres, la Courtille fut longtemps le théâtre de l'orgie par excellence ; c'est dans les cabarets qui avoisinent ses abords, que tous les ans la population parisienne, après s'être divertie dans les bals de second ordre, le jour même du mardi-gras, vient gaîment et bruyamment finir une soirée commencée un peu partout, et assister le lendemain matin à la fameuse descente des masques dont Paris gardera longtemps le souvenir, et dont les jeunes gens du siècle à venir ne pourront avoir qu'une idée très-faible, en

assistant de nos jours à la sortie des bals du mardi-
gras et de la mi-carême.

Qui de nous n'a entendu parler du fameux anglais baptisé par le peuple du nom de *Mylord l'Ar-
souille*, et dont les voitures, remplies de masques,
richement vêtus, des deux sexes, stationnaient à
la porte du célèbre restaurant Passoir, pendant que
sa seigneurie, assistée des courtisanes qui l'accom-
pagnaient, daignait jeter aux passants quelques
pièces d'argent et des dragées, s'amusant fort des
disputes qui survenaient entre eux.

A cette époque, les chars et les voitures de toute
espèce parcouraient au pas, et sur deux rangées,
le faubourg du Temple, étalant aux regards émer-
veillés du public la foule bigarrée de leurs masques
et les déguisements grotesques de leurs conduc-
teurs.

Tout ceci est de l'histoire ancienne, et prouve une
fois de plus que de nos jours la Courtille a perdu
beaucoup ; qu'elle tend chaque jour à disparaître,
et que le temps n'est peut-être pas bien éloigné
où son nom, prononcé par un étranger, n'amènera
sur les lèvres du Parisien qu'un sourire d'étonne-
ment, de surprise et d'incrédulité; car, au moment
où nous écrivons et rappelons cette époque néfaste
que nos pères ont vue, beaucoup d'autres doutent
de l'existence d'un endroit semblable.

Quoi qu'il en soit, la Courtille de nos jours existe encore, et, telle qu'elle est, il faut savoir s'en contenter. Ce lieu est, sans contredit, le plus mal famé de la capitale, et celui sur laquel la police a constamment les yeux ouverts.

Le bal Favié, beaucoup plus vaste que celui des Folies, situé en face, est en même temps le plus fréquenté et le plus curieux de ces deux établissements. C'est dans ce lieu que les *souteneurs* et les *nymphes omnibus* de bas étage viennent chercher le plaisir et la danse dans ses poses les plus impossibles et les plus dégouttantes. Le *chahut* et le *cancan* chargés, amplifiés de mille manières, y sont en grand honneur, et constituent les seuls pas admis dans toutes ces danses, où la grâce et le bon goût sont outragés au plus haut point. Il n'est pas inutile de dire que la police de ces bals fait tout son possible pour inspirer une crainte salutaire aux danseurs par trop oublieux des lois de la morale et de la décence, et jette sans beaucoup de façon les habitués à la porte ; mais cette mesure est très-éloignée de produire l'effet qu'on semble en attendre, et n'a pour résultat que d'occasionner le changement de vêtements du délinquant, transformation des plus faciles, opérée à la porte même du bal où se trouve toujours un grand nombre d'amis. Rendu à peu près méconnaissable, par cette mesure si simple, l'expulsé se présente de nouveau au contrôle et opère sa rentrées ans la moindre difficulté. Il en est qui se font ainsi admettre et rejeter trois à quatre fois par soirée. Lorsqu'il s'agit de l'expulsion d'une femme, les procédés mis en usage sont beaucoup plus simples, et se composent de bousculades et souvent de coups de pieds distribués sans cérémonie et largement par le maitre du bal ou par les agents de l'autorité, et cette mesure n'a rien qui doive étonner, si l'on sait quelles sortes de femmes se mettent dans le cas d'être traitées de la sorte, par l'oubli volontaire de toute espèce de pudeur et de retenue.

Du reste, trouvez-vous vers onze heures et demie à la porte de ces établissements, et vous en verrez assez pour vous convaincre de la vérité de ce qui précède. Vous assisterez alors à un tohu-bohut imposssible à rendre; vous remarquerez la ténacité des *souteneurs* à quitter le seuil du bal, surveillant leurs compagnes pour s'assurer si, fidèles aux ordres donnés et aux menaces faites, elles ont su se faire accompagner d'un *pigeon* qui, par sa générosité, fournira amplement aux dépenses de ces messieurs et leur permettra de passer la journée du lundi sans être obligés de recourir au travail, leur ennemi juré, et pour lequel ils ne sentent qu'aversion et dégoût.

3.

Toutefois, et dans votre intérêt, ne vous approchez pas trop près d'eux, car vous pourriez très-bien vous trouver compromis dans leur société et compris dans la distribution des *moyens de douceur* employés, pour les éloigner et les forcer de circuler, par les agents de police en nombre suffisant, et qui pourtant suent sang et eau pour venir à bout de leur mission, contrariés à chaque instant par les manœuvres de ces individus qui s'éloignent d'un point pour se porter plus compacts et plus serrés vers un autre.

Il existe, non loin des Folies et distant seulement de quelques pas les uns des autres, trois établissements jouissant de quelque influence sur la foule qui se disperse, comme par enchantement, lorsqu'ils ont opéré leurs fermetures, rejetant dans les faubourgs le bruit et le mouvement qui les animaient naguère, et laissant la rue de Paris dans un état de tristesse et de désertion qui semble lui être habituel. Ces trois établissements sont : 1° le café X, où s'opèrent journellement des arrestations nombreuses, en masse, véritable souricière où l'habitude conduit quand même les souteneurs, malgré le danger qu'ils y courent, en persistant à fréquenter un lieu qui leur est hostile à plus d'un titre; 2° le débit de tabac de la rue Vincent, et 3° le marchand de fritures renommé pour les

dîners et les soupers faits à la hâte, debout et tout
à fait dignes de servir de pendant à ceux du père
Pas-si-Salé, le marchand de vins des Folies-Dra-
matiques, si connu pour ces soupers noirs et blancs,
véritables délices des titis du boulevard du crime.

Nous restâmes dans le bal jusqu'à l'heure de sa
fermeture, et j'eus lieu de m'applaudir des rensei-
gnements donnés par mon compagnon, d'autant
mieux que j'eus l'occasion d'en remarquer l'exac-
titude.

J'avais été dérangé plusieurs fois par le frôle-
ment obstiné d'une robe, et il m'avait fallu, certes,
une grande patience pour continuer à écouter attentivement mon compagnon, prendre des notes et
résister aux coups de coudes que je recevais à
chaque instant. Au moment où, prenant mon dernier renseignement, je fermais mon carnet, une
femme d'une vingtaine d'années, qu'on avait ap-
pelée, je crois, Louise, et qui porte sur sa figure les
traces non équivoques de son genre de vie, me
prit par l'épaule et me demanda familièrement
dix centimes à emprunter pour s'acheter du tabac.
Je ne me laisse pas duper facilement; mais, néan-
moins, ne jugeant pas qu'une si faible somme
valût la peine d'un refus, je m'exécutai de bonne
grâce. J'eus bientôt l'occasion de remarquer que
je n'étais pas le seul à m'acquitter de cette espèce

de prêt, et qu'un impôt semblait être prélevé sur
chaque individu auquel Louise adressait la même
demande, ne s'éloignant que lorsqu'elle avait obtenu ce qu'elle demandait. Désirant juger de l'effet que pourrait lui produire une interpellation
indirecte, je m'approchai d'une table où six jeunes
gens étaient attablés en compagnie d'une fille du
nom d'Annette, très-connue dans le bal, et où ma
quêteuse venait de formuler sa demande. Je pris
mon chapeau à la main, et, prenant un ton nazil-
lard, je demandai à haute voix une petite rétribution volontaire, au nom d'une personne qui désirait
garder l'incognito, et qui en avait bien besoin. «*Oh !
oui, me dirent-ils, pour fournir à ses moyens
de... plaisirs et à ceux de son amant.* » Un rire
général accompagna cette réponse, et je pus m'a-
percevoir, aux regards moqueurs qu'ils jetaient à
la quêteuse, qu'ils avaient parfaitement compris
mon intention ; mais Louise se retourna vers moi,
et me dit avec un mélange de confusion et de colère, que : « Si je regrettais la faible somme que je
lui avais donnée, elle était prête à me la rendre. »
Je lui exprimai, le plus courtoisement possible, que
cette somme lui était, sans aucun doute, plus nécessaire qu'à moi-même, et que je la priais de la
garder en souvenir de notre rencontre, m'estimant
très-heureux de pouvoir ainsi lui être de quelque

utilité. Elle comprit parfaitement l'intention iro-
nique cachée sous mes paroles, et me dit : « Que je
n'avais qu'à me bien tenir ; que c'était bon pour
une fois ; mais que si je recommençais, j'aurais
affaire à son amant, qui, lui, ne plaisanterait pas.

— Eh ! quoi, lui dis-je, c'est ainsi que vous me
remerciez ! Je veux vous épargner la peine et l'hu-
miliation d'un refus, je demande pour vous, et,
sans vous nommer, une faible rétribution, et
vous reconnaissez ma complaisance en me mena-
çant de l'être charmant (il doit être charmant) qui
fait battre votre cœur, et à qui vous réservez l'honneur de vous défendre. En vérité, la reconnais-
sance n'est qu'un vain mot et l'ingratitude est à
l'ordre du jour.

J'avais débité cette tirade avec un grand sang-
froid, et Louise, ne sachant si je continuais à plai-
santer, ou bien si ces paroles étaient dictées par la
vérité, me laissa seul et rejoignit son Philémon,
non sans jeter les yeux de temps en temps de mon
côté. Je ne sais vraiment pas comment cette plaisanterie se serait terminée, si je n'avais été en-
traîné au dehors par mon compagnon, qui, plus au
fait que moi des usages de l'endroit, prévoyant une
dispute, hâta notre départ, qui eut lieu seulement
quelques minutes avant l'heure solennelle où le gaz
faiblit et ou l'orchestre reste muet.

Je ne perdis pourtant pas le coup-d'œil de la sortie, et assistai en amateur aux bousculades et arrestations qui ne manquèrent pas d'avoir lieu, par suite de quelques disputes, aussitôt réprimées, et dont les auteurs allèrent grossir, au poste de l'ancienne barrière du Temple, le nombre déjà raisonnable des prisonniers de la soirée. Ce poste est un des plus forts des communes nouvellement annexées, et est commandé par un officier, vu son importance.

J'y vis entrer un jeune homme de vingt ans qui venait d'être arrêté à la suite d'une dispute, et au moment où il s'était pris corps à corps avec un autre individu. D'une main, il tenait son adversaire à la gorge, et de l'autre il essayait d'enfoncer ses doigts dans l'œil droit du malheureux pour le lui arracher, en se faisant un point d'appui de ses cheveux. Ce coup de Jarnac, qui lui est familier, se nomme *coup de fourchette*, et lui a déjà réussi une première fois; par bonheur, il n'en fut pas de même à la seconde; car les cris de la foule, avertissant son adversaire du danger qu'il courait, l'ont forcé de se dégager brusquement, et, aidé de trois ou quatre individus indignés de ce mouvement sauvage, il était parvenu à le remettre entre les mains de la garde, que l'on venait de prévenir de ce qui se passait.

On comprendra facilement le dégoût que fait
naître en soi un pareil acte de sauvagerie, et la
satisfaction que nous ressentîmes en voyant cet
acte inqualifiable réprimé dès son début.

Mon compagnon, désirant augmenter les rensei-
gnements que je possédais déjà, m'offrit de me raconter une histoire très-simple, dont il me garan-
tissait l'authenticité, et qui m'initierait complète-
ment aux mœurs de la Courtille, que je ne connaissais encore que d'une manière très-imparfaite.
J'acceptai sa proposition avec le plus grand em-
pressement, et nous nous acheminâmes côte à côte
vers son domicile ; car il m'avait offert l'hospitalité
d'une manière toute cordiale, et j'avais accepté autant par crainte de le désobliger, que parce que
l'heure avancée ne m'aurait permis de rejoindre
mon logement que longtemps après.

CHAPiTRE V

L'HOTEL DES AMANDIERS. — EUGÉNIE.

L'hôtel des Amandiers est situé à quelques pas
de la barrière Ménilmontant. Il compte parmi ses
locataires bon nombre de gens qui n'exercent de
profession qu'en paroles, et seraient très-embaras-

sés de donner des preuves positives de leur savoir-
faire dans la partie qu'ils disent avoir embrassée.

Il y a environ un mois que logeait au deuxième
étage de cette maison, et sur la gauche, une jeune
fille du nom d'Eugénie, exerçant la profession de
blanchisseuse. Ouvrière honnête et laborieuse,
cette jeune personne avait d'abord habité le même
logement que sa mère, dont nous nous abstiendrons
de parler, et qui demeure encore aujour-
d'hui au-dessous de sa fille. Celle-ci eut le malheur de faire la connaissance, au bal de l'Élysée
Ménilmontant, où elle se rendait chaque dimanche
pour se distraire des travaux de la semaine, de
faire connaissance, dis-je, d'un jeune homme se
disant imprimeur, et qui sut en même temps, par
une cour assidue, lui inspirer un amour assez vif
pour, qu'oubliant tous ses devoirs, et s'écartant de
la ligne qu'elle avait jusqu'alors suivie, elle con-
sentît à le recevoir chez sa mère, où il se présenta
effrontément comme prétendant à la main de la
jeune personne et désirant l'épouser. Après s'ê-
tre assuré, par quelques visites, de la simili-
tude de leurs goûts et de leurs habitude, les
instants furent si bien employés, qu'au bout de
huit jours la fille, prétextant la petitesse de la
chambre occupée jusque-là en commun, demanda
et obtint de sa mère de louer une chambre au-

dessus pour son usage particulier. Les visites se
renouvelèrent alors plus souvent, et bientôt la mère
ne conserva aucun doute sur le déshonneur de
sa fille ; mais elle semblait en avoir pris son parti
et considérer ce fait comme très-naturel, aussi ne
lui fit-elle aucun reproche ; évita même de faire la
moindre allusion au passé, et laissa sa fille libre
de continuer des relations commencées sous ses
auspices, et peu honorables. Quinze jours s'écoulèrent ainsi ; mais le seizième, l'amant déclara à sa
maitresse qu'il était sans ouvrage, et qu'il ne savait
comment vivre, puisque tous ses moyens d'exis-
tences étaient puisés dans ses journées de travail.

Le courage de la jeune fille et son bon cœur lui
dictèrent sa conduite ; elle le recueillit chez elle,
l'entretint par son travail et ses veillées pendant
cinq mois, ne le laissant manquer de rien ; se
privant souvent du nécessaire pour lui procurer
quelque argent de poche, qu'il dépensait aussitôt
au dehors en futilités de toute nature. Eugénie fut
alors forcée de reconnaître et de s'avouer que son
prétendu ne valait pas grand' chose, et qu'elle ne
pouvait faire plus mal que d'unir sa destinée à
un pareil individu. Toutefois, elle avait acquis de
l'expérience à ses propres dépens, elle était désillusionnée, et elle le connaissait assez pour être certaine que les intentions matrimoniales qu'il avait

exprimées, n'avaient jamais été sincères ; mais il
était trop tard pour l'avouer hautement, et Eugénie
continua, par charité et par habitude, ce qu'elle
avait regardé jusqu'alors comme un devoir et
commencé par amour ; ce sentiment d'amour dé-
çu, luttait encore en elle avec le mépris qu'elle
éprouvait pour la conduite de son amant, qui, loin
de chercher du travail et des moyens d'existence,
restait continuellement à sa charge, et ne paraissait nullement avoir l'intention de cesser un genre
de vie qui semblait lui convenir sous tous les
rapports.

Quelle ne fut pas surtout l'indignation d'Eugénie
lorsque son amant, la regardant comme sa pro-
priété, et chassant toute pudeur, vint lui proposer
de lui procurer des amants et de partager ensemble le montant des sommes qui lui seraient don-
nées pour reconnaître ses complaisances et le trafic
dont elle serait l'objet. Dès ce jour, Eugénie, qui,
au milieu de la honte que lui inspirait sa faiblesse,
était restée vertueuse, n'éprouva plus que le mépris le plus profond pour son séducteur et lui dé-
fendit de remettre les pieds chez elle ; mais elle ne
put se résoudre à laisser sans pain et sans asile
l'homme qu'elle avait aimé et lui fit tenir pendant
longtemps quelque argent destiné à lui venir en
aide. Celui-ci, du reste, n'avait nullement perdu

courage, et l'idée de la prostitution de sa maîtresse lui souriait trop pour qu'il abandonnât facilement un projet qu'il caressait depuis longtemps. Il ne négligea donc aucune occasion de se rapprocher de l'objet de ses calculs, et ne cessa de l'obséder que parce que celle-ci fit une seconde connaissance et amena dans son domicile un deuxième individu du nom d'Eugène, habitué et danseur intrépide de l'Élysée Ménilmontant.

Qui peut prévoir maintenant où s'arrêtera cette jeune fille si longtemps sans reproches et dont la mère se rendit si coupable en laissant son enfant livrée à elle-même, semblant favoriser par son silence ce qu'elle pouvait empêcher si facilement.

Que penser et dire de la conduite de l'homme assez vil, assez méprisable pour vouloir forcer sa maîtresse à se vendre, et qui, après avoir vécu cinq mois du produit de son travail, la quitte, l'injure et la menace à la bouche, en l'appelant infidèle.

Infidèle! et pourquoi? parce qu'elle recherchait cette fois un défenseur et un cœur honnête comme le sien qui pût, au besoin, lui servir d'égide et empêcher le lâche suborneur de mettre à exécution ses infâmes projets. Le dégoûtant personnage ne pouvait supporter la présence d'un rival, et pourtant il comptait par douzaine ceux qu'il voulait présenter lui-même et imposer à sa compagne.

Mais ce que nous venons de raconter d'Eugénie et de son séducteur n'est qu'une esquisse légère de ce qui se passe dans la classe ouvrière, à laquelle nous devons la justice de dire : qu'*elle est la moins démoralisée de notre société moderne*. Que penser et que dire de ces hommes qui, ayant reçu une certaine instruction, faits aux belles manières de notre société actuelle, parlant même quelquefois de vertu, n'épousent une femme qu'en raison de l'importance de leur dot avec laquelle ils se créent une position de fortune, il est vrai, mais qui, par cela même, suivant nous, est loin d'être honorable. Que penser et que dire enfin de ces mêmes hommes qui, oubliant, dès leur début dans le monde, tout sentiment de délicatesse en faisant du mariage un objet de spéculation, n'ont pas honte, lorsqu'ils ont dissipé follement la dot de leur femme, de leur proposer, de les forcer même à se prostituer et de vivre du produit de leur honte commune. Ce scandale existe, personne n'osera le nier : voilà pourquoi nous le flétrissons de toute notre indignation.

Mais revenons à nos esquisses de mœurs, desquelles nous nous sommes écarté quelques instants.

Le lendemain, je pris congé de mon ami, et, désirant compléter ce petit recueil par quelques détails sur le quartier latin que j'ai longtemps ha-

bité, j'essayai de rappeler mes souvenirs; mais désirant donner ces détails aussi brefs que possibles,
et ne pas tomber dans la répétition des autres ouvrages, je ne parlerai pas des femmes plus ou
moins célèbres dont les écrits nous ont retracé les
actions et la conduite. Je me bornerai à nommer
celles dont les noms me seront indispensables pour
la citation de quelques faits se rapprochant du
cadre qui nous est tracé, et dont nous nous éloi-
gnerons le moins possible.

CHAPITRE VI

LE QUARTIER LATIN. — LES CABOULOTS. — NINI ET MARIA LA NÉGRESSE. — LE PIGEON.

Depuis les derniers ouvrages répandus en si
grand nombre et tous en faveur de ce quartier si
vanté, beaucoup de filles enthousiasmées et, prenant à la lettre les joyeusetés dont il a plu à ces
écrivains d'embellir leurs récits, beaucoup de filles,
dis-je, ont cherché le plaisir et le renom au milieu
des célébrités chorégraphiques de la rive gauche,
et n'ont trouvé que désillusion et misère là où elles
avaient espéré trouver le luxe et le confortable.
Le but de certains jeunes gens n'en a pas moins été

atteint, et peut-être aussi celui des écrivains, tous les premiers. Pour grossir le nombre déjà formidable de la partie féminine de ces réunions, ces écrivains n'ont pas hésité à créer des aventures romanesques, fantastiques même, propres à enflammer l'imagination des lectrices, qui, sans cela, auraient peut-être hésité à suivre la pente fatale, et que la perspective d'un mobilier convenable, peut-être même d'une voiture achetée par quelques complaisances accordées sans remords, livre à tous ces lovelaces, qui n'ont plus qu'à jeter le mouchoir et choisir parmi elles lorsque l'heure des espérances déçues a sonné. Elles se donnent alors pour un dîner, et, quelques temps après, leurs faveurs étant cotées aux plus bas prix, ne trouveront pas toujours un amateur, alors que leurs pérégrinations hebdomadaires à la rue de Jérusalem seront connues.

Jamais une plus grande surveillance n'a été exercée à leur égard, et des descentes journalières, opérées au café Mazarin et dans certains hôtels meublés, amènent fréquemment l'arrestation en masse des femmes dont la conduite peut paraître tant soit peu louche.

Depuis quelque temps, surtout, elles sont parvenues à tromper la surveillance dont elles sont l'objet, et cela par une mesure très-simple, consistant à se procurer du linge qu'elles font semblant

de raccommoder, tandis qu'un nom et une profession quelconque, placardés à leurs portes, indi-
quent suffisamment aux curieux une ouvrière en
chambre. Dans beaucoup de cas, ces mesures ne
suffisent pas, et l'on exige que des personnes honorables et patentées même répondent de leur moralité
et de leur bonne conduite. Alors, rien de plus
facile et de plus commode pour elles, parce que le
propriétaire de l'hôtel, deux ou trois fournisseurs,
craignant pour leurs comptes arriérés, s'empres-
sent de témoigner en leur faveur, certains à l'a-
vance que, s'ils hésitaient un seul instant à le
faire, ils courraient grand risque de ne jamais être
payés. Du reste, la police est toujours aux aguets
et ne se laisse pas surprendre facilement; elle finit,
tôt ou tard, par reconnaître le subterfuge employé,
et, saisissant l'occasion au passage, arrête et conduit à Saint-Lazare les ouvrières improvisées.

Au moment des vacances des étudiants, elles
profitent de leur absence et entrent dans les bu-
vettes décorées du nom de *caboulots;* et là en-
traînent le consommateur dans des dépenses folles,
se faisant offrir cadeaux sur cadeaux, et leur jetant
en retour quelques doux regards, se laissant volon-
tiers presser la main. C'est une chose curieuse à
étudier et d'une simplicité étonnante que la facilité avec laquelle ces nouveaux pigeons se laissent

plumer par ces sirènes, s'estimant très-heureux des privautés sans conséquences dont elles sont très-prodigues.

Plus d'un étudiant serait surpris d'apprendre que la maîtresse en laquelle il mettait toute sa confiance, passe d'une certaine manière et joyeusement le temps des vacances, utilisant de son mieux les absences du trop confiant jeune homme.

Il en est une de ces jeunes filles que nous désignerons sous le nom de Nini, sous lequel elle est très-connue du quartier de l'Ecole de Médecine, et que l'on rencontrait très-souvent à la *Closerie des Lilas*, chez Bulier. Cette Nini met à profit les absences de ses deux amants ; car, n'y allant pas de main morte, comme on voit, elle a réellement deux amants, tous les deux amis et rivaux sans le savoir, tant elle est adroite, et cherchant à grossir le nombre déjà très-respectable de ses infidélités. Elle dirige, en qualité de gérante, une buvette des environs de la rue de l'Odéon, assistée de son amie inséparable, Maria la négresse, qui, malgré sa jeunesse et son cachet original tout à fait particulier, ne trouve pas toujours un Adonis, et s'estime très-heureuse des passades que veut bien lui procurer sa blonde amie : car Nini est blonde.

Nini est un nom très-répandu parmi ces femmes, et ne servirait à désigner particulièrement aucune

d'elles, si celle dont nous voulons parler, reconnaissable entre toutes par sa compagne remarquable, ne prenait le soin, pour dissiper tous les dou-
tes qu'on pourrait exprimer sur son identité, sur
une célébrité dont elle est très-jalouse, de répandre à tous propos, à qui veut bien l'entendre, que
les dessinateurs et les écrivains du *Journal pour
rire* et du *Journal amusant,* s'occupent d'elle, et
en font l'héroïne des pochades étudiantes qui ornent
les colonnes de leurs journaux. Nous voulons bien
la croire; mais nous lui conseillons, toutefois, en
ami, de ne pas saluer trop familièrement certains employés reconnaissables à leur uniforme
semi-bourgeois, la connaissance par trop intime
de ces individus pouvant nuire à son établissement futur; car il y a beaucoup de jeunes gens
qui se soucieraient très-peu de *meubler une petite,*
qui ne pourrait expliquer, d'une manière satisfaisante, de quelle manière elle a passé deux ou trois
mois en compagnie de certaines gens.

Quoi qu'il en soit, Nini possède admirablement
l'art de la tromperie; nul ne sait mieux qu'elle
fouiller dans le porte-monnaie des jeunes gens et
en tirer adroitement quelques pièces jaune ou blanche. Il est vrai que c'est alors par surprise qu'elle
s'en empare, et qu'à moins d'une grande volonté
de la part du propriétaire, pour rentrer dans la

possession de son bien, il est forcé de prendre ce tour de filouterie comme une plaisanterie sans conséquence, et s'estime très-heureux d'en être quitte à si bon marché. Nous n'avons rien avancé qui ne soit très-exact, et nous affirmons avoir vu pratiquer ce petit tour de passe-passe en notre présence : la scène avait lieu chez B....., le fameux restaurateur du quartier, connu pour ses repas à prix fixes. C'était au premier étage, composé de deux salons, et dans le plus reculé, où se réunissent ordinairement les habitués, que se passait cette petite comédie qui se renouvelle très-souvent, ainsi qu'une autre dont nous allons dire quelques mots.

Elle consiste à prendre pour confident un individu que l'on sait généreux et très-disposé à se montrer galant. Ces individus sont encore aujourd'hui très-nombreux, et, une fois trouvé, Nini s'attache à lui, feint de l'aimer beaucoup, et lui avoue ingénueusement que le garçon de B....., un bien brave homme, a le cœur excellent, et qu'il lui a avancé, par pure obligeance, sur ses économies, le montant de cinq ou six diners. Comme on le pense bien, le confident, jeune ou vieux, appelle le garçon, loue beaucoup son bon cœur, l'engage à en agir toujours ainsi, se portant au besoin garant des dépenses que la charmante Nini pourrait

faire, et paie au garçon, lequel, éclairé à son tour
par un coup-d'œil de celle-ci, reçoit facilement le
prix de dîners illusoires et le pourboire généreux
que ne manque pas d'y ajouter l'obligeant confident, pour récompenser sa complaisance. Le garçon, à l'excellent cœur, profite d'un instant de dis-
traction de l'homme généreux, pour remettre à la
désintéréssée et infortunée Nini une partie de la
somme qu'on vient de lui remettre pour solder
des dépenses qui n'ont jamais été faites.

Mais ne nous occupons plus de Nini. Laissons-là
exploiter, comme elle l'entend, les habitués de son
caboulot, et souhaitons-lui, dans son seul intérêt,
que les détails que nous venons de donner sur sa
conduite, parviennent le plus tard possible à la
connaissance de ceux qui sont les plus intéressés
à les connaître, et, qui suivant le cours ordinaire
des choses de la vie, seront instruits les derniers de
ce qui les regarde plus que tout autre.

CHAPITRE VII

LES AMANTS DE CŒUR. — CLÉMENTINE.

Les amants de cœur forment l'aristocratie de la
catégorie d'individus dont nous avons entretenu

le lecteur, et ne s'y rattachent que par un faible lien. Ils n'ont aucun rapport avec la basse classe des êtres dont nous nous sommes occupés, et se composent ordinairement d'employés, de commis en nouveautés, appelés vulgairement *calicots ;* de jeunes gens de famille non encore en possession de leur fortune, et d'un petit nombre d'étudiants en droit et en médecine.

Toutefois, ce genre, qu'on ne saurait confondre avec les autres, se compose de trois classes d'individus qui tiennent par conséquent des lignes de conduite tout à fait distinctes.

La première, la plus immorale, la plus hideuse, nous devons le dire, parce qu'elle est l'une des plaies de notre société, se compose des hommes qui, tenant à honneur de vivre dans le célibat, s'introduisent furtivement dans l'intérieur des ménages sous le faux titre d'ami, mangent à votre table; vous empruntent de l'argent qu'ils trouvent convenable de ne vous rendre jamais, et qui finissent tôt ou tard, connaissant tous vos secrets, par apporter le trouble et la discorde dans votre maison, en séduisant votre femme. Il est vrai de dire, et il faut avouer qu'il y a des maris assez méprisables pour consentir à ne devoir leurs moyens d'existence qu'au déshonneur de leur femme.

La seconde classe, moins dangereuse, et moins

immorale, est celle qui consiste à avoir pour maîtresse, et ceci est l'essentiel, une femme luxueusement mise, avec laquelle on se promène en public sur les boulevards, au bois et à l'Opéra; partout enfin où il y a des toilettes et du monde élégant.

Pour arriver à ce but, sans avoir de fortune, il faut pourtant ne pas être entièrement privé de ressources; car l'amant de cœur de quelque belle lorette n'est jamais redevable de ce titre qu'à son physique, à sa tenue irréprochable et à un langage qui se distingue du commun des hommes. Une femme, quelque peu prétentieuse, et il s'en trouve encore, ne consentira jamais à prendre pour cavalier et compagnon inséparable de ses promenades parisiennes, un individu privé de qualités apparentes. Cette classe d'individus, moins nombreuse que la troisième dont nous allons parler tout à l'heure, est très-raide sur le chapitre de l'argent, et n'acceptera aucune somme, si modeste qu'elle soit, ni cadeau de la part de leur maîtresse. Cet amant exigera de sa maîtresse qu'elle lui laisse faire tous les frais que nécessitent certaines circonstances et payera de bon cœur des rafraîchissements, des voitures, à dîner, le spectacle, en un mot, une dépense mensuelle ne dépassant pas soixante à quatre-vingts francs. En sortant avec elle, le dimanche, il cherchera l'occasion d'étourdir ses amis et ses

4.

connaissances en leur donnant une grande idée de ses ressources pécuniaires, s'il ne cherche même pas à exciter leur envie, parce qu'ils connaissent parfaitement sa véritable position.

Quant à la troisième classe des amants de cœur, celle qui se rattache le plus à la bande des souteneurs dont nous avons parlé, elle ne se distingue de ces derniers que par ses habitudes de travail, une tenue modeste, sinon élégante ; ensuite, ils ne se connaissent pas entre eux, ne se battent jamais à coups de poings, et n'attaquent un individu que lorsqu'ils y sont provoqués, et à leur corps défendant ; pourtant ils reçoivent de l'argent des femmes, semblables en cela aux *michés;* mais vous ne verrez pas en eux des dandys ni des élégants : car ils ne mettent pas leurs soins à suivre les excentricités de la mode, et préfèrent mener joyeuse vie.

Toutefois, cette existence de folle ivresse et de dépenses extravagantes est courte : car les *biches* sont changeantes et remplacent promptement leurs amants par d'autres. Il en est, il est vrai, qui se contentent d'un premier essai, et qui, ayant à s'en plaindre, ne cherchent pas de nouvelles distractions, et ne donnent point de remplaçants au premier, dans la croyance qu'ils se ressemblent tous. Du reste, le choix est difficile parmi des candidats plus vicieux et plus intéressés les uns que les autres. Pour donner une idée de la conduite qu'ils tiennent et de leur peu de délicatesse, nous donnerons ici quelques détails pris au hasard, et pourtant véritables, sur leur manière de se conduire.

Parmi les danseuses intrépides de la Closerie des Lilas, nous citerons Clémentine, dont les parents sont encore aujourd'hui établis aux environs d'Orléans, où son père est garde-chasse des immenses propriétés du jeune comte de B***. Clémentine fut élevée avec soin par ses parents, et on lui donna une éducation fort au-dessus de sa position, dans l'espérance qu'elle servirait à l'établir convenablement et servirait de juste compensation au manque de fortune.

La jeune fille était parvenue à sa dix-septième année, lorsque le comte daigna s'occuper d'elle et la trouva jolie. Il ne crut pouvoir mieux faire que de la séduire, et il y réussit facilement. L'imprudente jeune fille se donna corps et âme au noble et riche cavalier qui le premier avait fait battre son cœur, et cela d'autant plus facilement, qu'il était libre de tout engagement, et que cette idée, sans cesse présente à sa pensée, faisait pressentir à la jeune Clémentine qu'elle pourrait un jour unir son sort à celui de son maître. Les jeunes filles sont orgueilleuses ; nous sommes loin de leur en faire un reproche, parce que l'ambition est souvent le mobile de nobles actions : mais nous voudrions, dans leur intérêt, que cette ambition restât dans de justes limites.

Trois mois s'écoulèrent dans un bonheur sans égal ; aucun nuage n'était venu obscurcir les rêves d'avenir de Clémentine, qui recevait son amant chaque nuit, au moyen d'une échelle de cordes et au premier étage d'un pavillon dont ses parents occupaient le rez-de-chaussée. Ce bonheur ne devait pas durer longtemps, car il n'est pas d'éternelles amours ; et un jour, ou plutôt un soir, Clémentine attendit vainement son amant, qui ne vint pas : elle passa dans les larmes une nuit qui fut suivie de plusieurs autres.

Enfin, la jeune fille eut le mot de l'énigme, et apprit que le comte de B*** avait cédé aux instances d'un de ses parents éloignés qui désirait le voir à ses côtés, et, comme il était vieux et très-riche, le jeune homme, qui avait commencé à se lasser de la jeune fille, n'avait pas hésité, déterminé plutôt par l'intérêt que par l'amour, à la sacrifier, et s'était rendu auprès de son riche parent. Le parti de Clémentine fut bientôt pris : elle réunit le plus d'argent qu'il lui fut possible, et une nuit, abandonnant ses parents, elle se dirigea vers la capitale, persuadée qu'elle n'avait qu'à donner le signalement de l'infidèle pour qu'on lui indiquât sa demeure. Promptement désabusée à cet égard, elle se logea dans un hôtel de la rue Racine, et écrivit à ses parents que la vie de province ne pouvait lui convenir ; qu'elle désirait depuis longtemps habiter la capitale, où elle était en ce moment, et que, certaine de leur refus si elle leur avait fait part de ses intentions, elle était partie à la hâte et avait eu le bonheur de trouver une modiste en renom qui avait bien voulu consentir à la prendre pour ouvrière, la payait bien, et la tenait très à la gêne, en l'empêchant de sortir seule, veillant enfin sévèrement sur sa conduite comme une seconde mère. Ses parents crurent de bonne foi aux paroles de leur fille, et sont encore persuadés aujourd'hui que leur enfant est un modèle de vertu et de bonne conduite.

Quoi qu'il en soit, Clémentine était beaucoup trop fière pour demander au travail ses moyens d'existence, et, désespérant de retrouver son séducteur, qu'elle avait vainement cherché, elle se laissa entraîner par l'exemple et devint bientôt ce qu'elle est encore aujourd'hui, une *biche entretenue*.

Malgré sa vie dissipée, la jeune fille conserva toujours au fond du cœur une passion sincère pour le comte de B***, et, rencontrant dans ses pérégrinations journalières, à Valentino, un jeune homme dont les traits offraient une merveilleuse ressemblance avec ceux de l'infidèle, elle s'est éprise de belle passion pour lui, et fournit amplement à tous ses besoins, à tous ses caprices. Georges est le nom de cet amant de cœur assez peu délicat pour vouloir sans honte, et comme une chose très-simple, puiser à volonté dans la bourse de sa maîtresse.

Or, un jour, Clémentine se trouvait avec un anglais très-riche en tête-à-tête, lorsque Georges se présenta et demanda instamment à voir sa maîtresse aussitôt et sans aucun retard. Devant la résistance que lui opposait la femme de chambre, il aurait dû céder et se retirer, il n'en fut pourtant rien, et quoique instruit depuis longtemps des visites d'un autre, qui lui, avait le droit de se montrer soupçonneux et jaloux, puisqu'il payait, il força la consigne, et arriva jusqu'au boudoir de la lorette. Celle-ci était à peine remise de l'émotion que lui avait causé cette apparition soudaine, que Georges, sans faire attention aux personnes présentes, réclama hardiment une somme de ciquante francs dont il avait besoin, dit-il. Clémentine indignée, refusa d'acquiescer à sa demande, et lui intimida de ne jamais reparaître en sa présence. Georges se fâcha, et, se considérant comme maitre de l'appartement où il se trouvait, il brisa une superbe glace qui décorait le boudoir. Clémentine, arrivant au paroxysme de la rage, se jeta sur son amant, et un combat acharné, où celle-ci eut le dessus, se livra entre eux deux en présence de l'Anglais qui assistait de sang-froid et impassible au combat qui avait lieu en sa présence. Georges fut jeté dehors et ne reparut plus.

Depuis ce jour, Clémentine fut désillusionnée, et l'auréole dont elle entourait son amant disparut avec lui : elle se jeta entièrement dans le tourbillon du plaisir et jura de ne jamais écouter le cavalier qui n'aurait à lui offrir que sa bonne mine et sa personne. Fidèle à sa résolution, elle mène grand train, et nul doute que, plus prévoyante que ne le sont beaucoup de ses amies, elle ne rentre bientôt chez ses parents avec de très-belles rentes. Elle s'unira alors avec quelque provincial, comme il y en a tant, et passera, à dix lieues à la ronde comme une vertu sans tache et peut-être pour une sainte.

Ici se termine notre tâche. Nous espérons avoir fidèlement esquissé une série de personnages peu connus et méprisables au plus haut dégré. Nous donnerons bientôt de plus grands détails sur cette classe abjecte de la société, et nous nous occuperons de réparer les lacunes que la dimension restreinte de cet ouvrage peut avoir laissé dans l'esprit de nos lecteurs.

FIN.

L'ORGUEIL

DRAME EN 5 ACTES

... DUNAN-MOUSSEUX et LLAUNET

In-4°. Prix : 20 centimes.

~~~

MARIE

OU LA FILLE DU SOLDAT

DRAME EN 3 ACTES

Par M. E.-D. BERNABO

In-4°. Prix : 20 centimes

... typographie d'Em. Allard, 14, rue d'Enghien.